글벗시선 109 이서연 세 번째 시집

누가 나를
묻거든

이 서 연 지음

누가 나를 묻거든

이서연 시집

■머리글

시인의 말

소리 없는 세월의 발걸음 따라
멀리도 왔다

울어야 할 일도 많았지만
웃어야 할 일도 많았고
기뻐서 눈물도 흘려야만 했다

이만큼 와서 나는
내게 말을 한다
그래도 잘 살았노라고
오늘도 나를 위해 노랠 하고
나를 위해 글을 쓴다

누군가 이렇게 물어온다
당신은 행복하냐고
주저 없이 행복하다

말해놓고 가만히
생각을 해본다

내가 진정 행복한가를
이쯤에서 나는 나를 위해
또다시 달리기를 해본다

마음에 담겨있는 많은
이야기를 글로 써놓으면서
누가 나에게 나를 물으면
나는 이렇게 대답을 하고 싶다

2020년 9월

이 서 연 드림

차 례

제1부 눈이 눈에 보일 때

제2부 화려한 황혼

제3부 개천에 부는 바람

제4부 내 사랑 추억으로

제5부 바람 속에 핀 꽃

제6부 사랑의 꽃바람

제1부

눈이 눈에 보일 때

홍삼 예찬

한 해 두 해 하늘을
우러러보며

땅의 기운 듬뿍 받고
사람의 형상이여라

육 년을 견디고
구중구포
붉은 입김으로 승천하더라

옛 나라 고려 텃밭에
인삼이라 하더라

봄 마중

노오란 저고리
연둣빛 치마 꼬까 옷 입고
봄은 동구 밖까지 성큼 와 있다

시골 아낙은 호미 들고
햇살 좋은 밭둑에 앉자
달래, 냉이를 캐며
봄을 마중한다

농부

평온한 들녘
밭둑을 내리쬐는 석양빛
텃새의 퍼덕이는 소리에
봄볕이 낮잠을 잔다
어린아이처럼
먼 산엔 벌서 새싹 키우려
준비 중이다
잠에 깨어나려는 숲
아직 마음은 얼어있는데
햇볕은 나른함을 주며
밭에 흙을 파헤치는 마음
벌서 가슴이 두근거리며
수확에 꿈을 심는다
한줌 흙이 잉태할 때
태양은 품어 키운다

갈색 잎에 편지를 쓴다

갈색 가랑잎에 편지를 쓴다

내려다보는 눈앞에 나뒹구는
초라한 모습 언젠가 나의
초라했던 모습만 같아
눈을 돌린 수가 없다

눈으로 너의 등에 쓴 편지
누가 읽으랴
지나는 바람인들 읽으랴
내 마음만이 읽고 갈 뿐이다

흠뻑 젖은 초목에 팅팅 불은 몸 한 겹묵은 때 벗기고 눈을 뜨려
애를 쓰는데 저 가지에 초록의
손이 뻗칠 때 나는 어떻게
변해 있을까
젖은 갈색 잎에 나의
마음 편지를 써본다

낮달

피우려던 꽃은 잠든 채
깨어나지 않고
은하의 별 밭에 노닐다
밤을 새고 집으로 가는 길
추워 움츠려 아침 해 포근함에
졸고 있다

서풍에 옷깃 여미고 맞으려는
봄은 시리고 차가운데
아직도 겨울에 패잔병들은
남아 떠나려 서두르나
지켜 밀본 다

돌아갈 수 있는 집은 없고
어느 곳에 의지하며
한잠 자려 할 때 꽃바람에
떠밀려 솔잎 위에 앉아버렸다

봄 풍경(1)

고운 해살 받으며
봄바람은 꽃향기
코끝에 사뿐히 스치며
아롱아롱 펼쳐지는
아지랑이를 조용히 흔든다

봄비(I)

비가 내린다
어두운 밤
질척하게 내려
빗물은 말이 없다

추녀 끝에서
곤두박질치고
아파 땅바닥에
주저앉아 운다

달랠 수도 없이
창밖을 그저 바라만
봐야 했다

봄바람

버드나무 가지
벌써 꽃이 핀다

봄이 오는 길목
마중하듯 저러다
갑자기 추워지면 어쩌나

버들강아지 얼까
안쓰럽다

사랑법

소리 내지 않으려
신을 벗고 산다

냄새 풍기지 않으려
입을 막고 산다

쳐다보려 하지 않는 건
표정이 들킬까 봐서이다

혼자서 묻어둔다
그리고 가끔은
쾌락에 피식 웃기도 해본다

나만의 소중한 사랑법이기도 하다

까치밥

하나뿐인 붉은 심장
찢어놓고 날갯짓에
떠난 그림자 돌아오려나
조바심에 애가 탄다

너무 멀리 가버려 뒷모습마저
보이지 않는 마음잡으려 높이 뛰어 날아본다

참을 수없이 허벅지 쥐어뜯던
가슴 시린 밤 속내를 누구에게
내보일 수도 없었다

차가운 날 불장난에
뜨거운 심장에 터지는 소리
지나는 바람은 비련에 너덜대는 각서 가슴에 새겨두고
지난 바람에 마음을 찍어본다

눈이 눈에 보일 때

소리 없이 내려와 문밖에서
긴 기다림 아침 해에
눈물 흘리며 검은 마스카라
흘러내린다

빈 가지에 매달려 그네를 타며
떨어져 뒹굴며 좋아하는
하얀 미소는 냉정함 잃지 않으려 애를 쓴다

조심스레 한 발 두발 발걸음
가녀린 신음소리
아파하는 그 소리 귓전에
들려 짜릿함에 그녀의 아픔을
잊어버렸다

뽀드득
뽀드득

동백

그도 왜 웃고 싶지 않겠나
추워서 떠는 밤에 하얀 서리에
움츠리고 얼어 있다가
눈을 뜨려면 찬바람 매질에
감을 수밖에 없었다

아침 해에 꼬무락거리며
깨어나려 할 때쯤
긴 어둠에 차가움이
멈추게 만했다

겨우 눈을 뜨고 웃음을
주려 할 때 백설이 덮어
돋보이게 하여주니
모두가 아름답다 하며
모델이 되기도 했다

그림자

희미한 가로등 불빛
안개 속을 파고드는 그림자
한참을 서성인다

조심스레 다가 갈수록
멀어만 지는 그림자
발걸음 소리조차 죽은 채
사뿐히 걸어갈 때 춤을 추는
새벽안개 저만치 멈춰 선다

뒤돌아 볼 수 없는 짙게 깔린
새벽안개 몸을 에워싸며
차가움 비빈다

눈을 비비고 다시 보니
날 보며 웃는다
가로등 불빛 나의 그림자

짙게 깔린 안개

봄을 알리려 내려왔나
빗줄기 안개 찢어 떨어져
기력 다할 때 포근히 안아 감싼다

헤드라이트 부라리며
달려오는 자동차 안개 엉덩이 걷어차고
굉음소리 내며 줄행랑칠 때
땅거미마저 내려와 길을
가로막는다

이제 봄은 깨어나려 할 때
찌푸리며 실눈에 초목
귀찮아하는 저녁에
고단함이 에워싸다

겨울과 봄

양지쪽엔 눈 녹아
촉촉이 젖은 땅
질퍽하고

음지에 그늘 밑에도
눈이 녹아 흐르는 물
촉촉이 적셔주고

산새의 울음소리
이따금 들려오는
겨울 한나절

그 속에 봄은
잠을 깨우며
자리에서 일어나려 한다

산책길에서

영하의 찬바람 콧등에
귓불까지 벌겋게 꽃 피고
짓궂은 바람 쌓인 낙엽까지
모두 다 벗겨버리니
깜짝 놀라는 연둣빛 새싹
추워 바들바들 떨며 웃는다

시간

아침은 언제나 웃는 아기같이
아름다운 것
신선함은 기분을 충족시켜 주기에
하루를 즐겁게
시작하는 것일 거다

잘 자란 아침은 성장했을 때
물과 거름을 주어야 자라기에
꼭 거르질 않고 반복적으로
일처럼 해야 한다

더 자란 하루에 결과를
셈 하고 소득 물을 헤아리며
휴식을 갖는다
또 다른 내일에 시작을 위해서
그렇게 자라난 결과물은
꽃이 피고 고사 된다

보름

누군가는 장독대에 정화수
한 사발 떠놓고 굽신거리며
손을 비벼 빌고 또 빈다

검은 아궁이에 불씨는
헐떡이며 숨을 쉬고
하얀 재는 불씨 덮어
바람 막아준다

도깨비불처럼 원을
그리는 볼 깡통 동산에
떠오른 달 뜨거워
나무 뒤에 숨고 깡통에
담긴 불티 허공을 날며
춤을 춘다

편지

겨울밤
편지를 쓴다
잠든 너를 바라보면서

너는 지금 무슨 생각에
꿈나라 여행을 하는지

보내지 못할 편지지만
깊은 밤 편지를 쓴다

이불깃 잡아끌어 포근히
덮어주면서

링링이 남긴 눈물

긴 여름 뙤약볕 아래
육즙을 시원하게 흘리며
논과 밭을 종횡무진 하던
허수아비를 닮은 농부에
땀을 먹고 자란 농작물 곱게도 자랐다

내 자식을 키우듯
사랑과 애정을 쏟으며
혼과 바람과 열정을 담아
만추를 기대하는 마음으로
설레는 맘 진정하며 기쁨에 차 있었다

땀방울 흐른 만큼
건강한 결실을 기대했었다
기세등등한 링링이가
휘몰아친 나의 들녘에는
낙과의 허망함만이 눈물에 뒤섞여 떨어집니다

제2부

화려한 황혼

동행

꽃처럼 아름다운 너
고목 같은 나에게 매달려
웃고 울다 잠들면 무슨 생각을 할까

이렇게 잠을 자면서 많은걸
알면 10년 후엔 내가 품에
기댈 수 있으려나
뭉텅한 고목 같은 내 마음속에
생기를 넣어 다시 꿈이 자라기 시작하겠다

설레는 마음이야 늘 그립고
보고 싶지만 살아 있는 동안
지치지 않고 마음 상하지 않게
잘 자라줬음 좋겠다

꽃

이 아름다운 모습 본적 없다

너만큼 나를 흥분시킨 이도 없다
너를 바라보면 내 마음이 웃어 춤을 추게 한다

너만큼 나를 기쁘게 해준 이도 없었다

나의 눈 안에 들어와 있는 너는
가장 아름다운 모습이고 글썽이는 마음엔 네가 있다

나는 기뻤다

너에게 사랑을 전한다
한마음 두마음 내 맘을 받아 웃는 마음을
너에게 보낸다

한 번도 너를 잊어 보려 해본 적 없다

모래집

바람도 쉬며 가고
파도 쉬었다 가는 모래집
움직이는 그림자만 살고 있다

긴 시간 오랜 세월
허물어 질 수 없는
추억은 나지막하게
노랫소리만 들려온다

찬바람에도 눈이 내리는 겨울에도 쓸쓸하게
기다린 문을 열어 놓고 있다

집을 떠난 지 오래 되어
허물어졌지만 깨끗하게
닦아 주는 파도 집터를 말해준다

떠났던 파도 다시 찾아와
깨끗하게 청소하고
넓은 바다로 달려가며 웃는다

화려한 황혼

저리도 곱기만을 고집하며
지는 노을은 무얼 생각하며 하루를 마감할까

나의 하루가 삶에 일부가 되어
초록으로 물들어가는 대지 위에 누워
하늘을 올려다본다

화려한 젊음은 나를 여기까지 데려와서는
황혼에 물들게 하며 꿈마저도 물들여 놓고
뒤돌아보게 한다

고단하고 힘들어도 나를 웃게 하는 것은 무엇일까
마음마저 물들여 놓고 가는 노을

빗방울

비바람 초목이 깨어나
자라는 사월에 아침은 아름답다

밤새 울어대던 소쩍새 애달파하고
앞산 뻐꾸기 아침 문을 열어준다

차창에 흐르는 빗물 방울 데구르르 흘러내려
달리는 차창을 부여잡고 흐른다

저 만큼 가는 나의 분신은 자꾸만 멀어지고 되돌아서야 하는 마음
속으로 울고 빗물 방울은 차창에 매달려 흐른다

세월

황금빛 노을이 지면
세월이 보인다

저만치 가는 빛은
늙게 하고 혼자서
산 너머 품에 안겨 잠든다

그래
이렇게 늙어 가나보다
우거져 가는 숲 계곡에
마음을 담고 최고로 아름답게
늙어가며 살아보자

비에 젖고

세차게 내리는 비
대지를 적신다

일렁이는 강물
강물을 적셔 모래 백사장을 울린다
비에 젖은 물새 머리 숙인 채
기도하며 꼼짝하지 않는다

마음 터벅거리며 강변을
거닐 때 화려한 네온 불
흐느껴 울며 강물은 품에 안긴다

화려한 장미

계절은 오월을 여왕으로 추대하여
싱그러움과 푸른 녹색에 옷을 주어
기쁨을 주었나보다

나도 당신을 오월에 여왕으로 추대하여
기쁨과 즐거움을 주어
행복하게 하여주고 싶다

당신이 기쁘고 행복할 수가 있다면
무엇이든지 해주고
당신이 행복해하면
나도 덩달아 기쁘고 행복할 것이다

계절이 오월을 여왕이라 하면
나도 당신을 여왕으로 추대합니다

울 엄니

먼동이 트고 까치가 울면
문밖을 내다보며 기다리던 울 엄니
노심초사 걱정에 마음속 담아두며
내색 없이 긴 기다림에 품에 안기던 날
떨리는 가슴에 울림이 뭉클하였습니다

갈 수 없는 머나먼 울 엄니 고향
기억 속엔 변하지 않은 채
장독대에 그 모습은 늙지도 않고
그대로이건만 가끔은 괜스레 눈물이 나고
보고픔을 어찌할 수 없어 가슴으로 울고 있어요

살아생전 불효함을 이제야 늙어가며
알게 되어 몸부림치며 부르고 싶은 이름이지만
그 이름마저 쉽사리 부를 수 없는 울 엄니
보고픔 잠 속에 찾아나서 보렵니다

힘든 날에는

초여름 날
가지마다 행복해 한다
잎사귀 푸르고

나는 힘이 들고
아프다 오늘

아프면 고개를 숙이고
가만히 있어 본다
왜 아픈지

힘들면
하늘을 쳐다본다
그리고 물어본다

하늘은 내게 말을 한다
모두에게
공평한 하루를 줬다고

왜 힘이든지를
물어보지만
대답은 없고

새하얀 솜털 구름만
두둥실 떠 있다

구름이 예쁘다

초 여름날 이상기온으로
더워도 너무 덥고
바람 불어 대지는 송홧가루로
몸서리친다

하나님도 인간들이 딱해 보이셨는지
먹구름이 몰려와
한바탕 소나기를 퍼부어 주신다

온 세상 찌든 때를 씻어주듯
속 시원하게 내리는
소나기를 바라보며

마당 구석구석 먼지들을
내 마음까지 시원스레
씻겨주는 빗줄기를 바라본다

바닥에 떨어지는
빗방울은 노란 가루들과 하나가 되어
어깨동무를 하고 즐겁게 하수구로 들어가 버리고

먹구름은 어느새
파란 하늘로 변신하고
구름은 참으로 이쁘게
나를 기쁘게 해 준다

아침을 깨운다

동이 트려면 한참을
더 있어야 한다.
차표 들고 첫차를 기다리는 마음으로
아침을 기다린다
어둠은 비켜주려 하질 않고
자리를 잡고 버틴다
아침이 오면 잃어버린 걸
찾으려 는 사람들처럼
찾아 헤맨다
그 틈에 나 또한
한 무리되어 하루를
찢어 버리며 찾으려 한다
아침이 깨어나면
나도 깨어나고
모두가 깨어나
최고가 되려 할 것이다

휘파람

조용히 깊어가는 밤
달도 졸고 별들도 졸고
소쩍새 구슬피 울고 있는 밤

가로등 밑 잡초 잠들고
휘파람 소리
나지막이 부른다

이름도 성도 없는
임에게 나지막하게
휘파람 불어 불러본다

가사도 곡도 없는 노래를
휘파람 소리에
잠이 드는 이 밤
아침이면 전해 주려나

탈색된 영상

산비둘기 구구대며
숲에 숨어 울 때
뜨거운 한낮에 열기는
갈증으로 남겨 놓는다

푸르던 모습 누렇게 탈색되던 날
시퍼런 날이 선 낫에 쓰러지고
더위에 지쳐 탈출한 윤기에 낱알들
거친 손은 한 움큼 쥐어
맷돌에 밀어 넣고 고단함 쉼 없고
하얀 분가루 지구 한 바퀴 돌며 뿌려준다

거친 반죽에 애호박 뜨거워 춤을 추고
뜨거운 아궁이에 열기 마음으로 식히며
밀짚 방석에 모인 가족별 들 호기심에
껌벅이며 흑백에 그림 머릿속 영사기를 돌리며
귓전에 들리는 맷돌 돌아가는 소리 머물고
보이지 않는 그 모습 그립고 기억 속에서 들락거린다

소쩍새 우는 밤

노을이 잠든 밤
소쩍새는 뒷산 숲에 숨어 운다

무서워 울고 있나
슬퍼 울고 있나
가슴 미어지게 울고만 있다

울음소리에
함박꽃 목 길게 빼고
마주 보며 귀를 세운다

소쩍새 슬피 울면
잠자던 함박꽃 두리번거리며 찾는다

오디

치마폭 뒤에 숨어
검은 눈동자만 말똥말똥
귀동냥에 바람 햇볕 먹으며
탱글탱글한 몸매
누군가 몸에 손을 대 과감히
성폭력 속수무책

겁에 질린 모습 치맛자락 뒤로한 채
숨 몰아쉬며 묻지도 않고 품어
입맞춤에 살며시 깨물며 만끽하지만
검붉은 피 토하며 하염없이 흐느낀다

태어날 땐 한없이 기뻐 이 강산 아름답고
산새 아침 인사에 마냥 행복했건만
운명인가 사랑한다며 온몸 만지작거리며
입맞춤에 진액 흘러 온몸 마비시키고
기절한 채 이 몸 내어주며 생을 다해 사랑한다며
소유한 당신 말없이 따라 갑니다

둥지

고향 떠난 지가 언제였나
원하지 않는 곳에
둥지 틀어 고향을 만들고 보니
떠나온 고향이 타향이 되고
나에 고향은 가슴에 있네
고향이 그리울 땐 가슴에 손을 기대고
가고 싶을 땐 먼 하늘 바라본다

고요함

만나보고 싶지만
만날 수 없네
불러도
불러도
대답이 없고 들리는 건 적막뿐이다

메아리마저 없는 외침은 공허 속에 가둬두고
덩그렇게 내 팽개친 마음뿐이다

마음속에 그리움을 생각에
지우개로 지워보지만
얼룩진 흔적은 되살아난다

뜨거움

아무도 없다
영롱하게 빛나던 이슬도
간곳없고 뜨거운 햇살만이 즐겨 노닐고 있다

한낮에 아궁이 불 같이
내리쬐는 뜨거움은
거리를 잠재우고
오가는 이도
숨이 막혀온다

타들어 가는 논밭에는
희망이 장례를 치르고
들에 잡초는 기쁨에
무성하게 잘도 자란다

내 안의 품

생각하는 것조차 사치로 알며
눈에 보이는 것을 손은 쉼 없이
움직이며 몸마저 투자한 시간은
태산보다 높다

고개 돌리며 다른 시선에 눈을 보내 놓고
두리번거리며 나를 찾으려 애써 보지만
정작 나는 없고 몸만 덩그러니 남아있다

눈밖엔 밝고 어둠은 없는데
캄캄한 곳에 숨어 움츠려있는
나를 찾아 헤매다
어느 구석진 곳에 쪼그리고 앉아있는
나를 찾아 부둥켜안고 가슴에 품어
토닥이며 달래 본다

이제는 내 안에 나를 버리지 않고
함께 행복을 찾아 초라하지만
나만의 공간에서 함께 살고 싶다
잃어버렸던 나를 찾아

제3부

개천에
부는 바람

등목

삼복 무더위 목덜미 흐르는 땀
앞가슴 타고 흘러내린다

우물가 세숫대야에 물 받아놓고
한 바가지 등에 붓자
온몸에 붙은 더위는 도망간다

엉덩이 끼쳐 들고
물바가지 등에 부으며
등 찰싹찰싹 손바닥으로
더위와 땀 때리며 씻어 내리니
부러워할 게 없이 행복하다

천국과 지옥

가끔은 어디로
가보고 싶다가
그냥 주저앉기도 할 때가 있다

싫어하는 것들도
때로는 해야 하고
필요에 따라서는
움직여야 하기도 하다

누가 이렇게 만들었나

들에 핀 꽃도
피우려 얼마나 많은 고통과 인내가 있었으리

한참을 들여다보며
말없이 날 바라보는
꽃이 웃어주는 듯 느껴지는 건 왜일까

비바람과 찬 서리에
얼마나 힘들어하고
혼자 떨며 울었을까

그러면
나는 천국에 있으며
스스로 지옥으로 생각하며 괴로워하는 것인가

헝클어진 마음

오늘따라 유난히 맑은 햇살
눈부시고 아름다운 하루가 열렸다

가을로 가는 길목에
아직은 여름이 되고 싶은
가로수 나뭇잎은 색이
변하는 듯 보이는 건
내가 가을을 그리워 했나

맘속엔 벌써 깊은 가을을
담고 물들어 가고 있나
앞산이 자꾸만 멀어 보이고

밭둑에 억새 포기 흰머리 바람에
헝클어지는 건 분명 가을 속에
내가 있음을 알았을 때
뒤돌아본다

아무것도 없는 길엔 마음속에 남아있음을
때로는 망각 속에 잊어 살아온 시간
그 시간 속에 내가 공존하고
지나 가버린 시간
되돌려 나의 추억 찾고 싶지만
찾을 길 없이 나도 따라 가을 속에 묻혀본다

과꽃

울타리 그늘 아래 피어나
간간이 부는 바람에
불그스레 웃으며
별빛 보며 밤을 보낸다

꽈리

새로 지은 행랑 주머니
빛바래지 않은 채
구김도 없이
선비의 전대만큼 고상하다

내리는 이슬과 햇살 비바람에
행랑 주머니 빛바래져 가고
주머니 속이 몹시 궁금하다

세월에 흔적 나그네의
고단한 방랑길이었나
행랑 주머니 너덜거려
낡은 주머니 속 빠알간 산호 반짝이고
그 보석이 있어
행랑 주머니 고이 간직하였나 보다

옥수수

찬 서리에 얼었던 몸
녹이기 막연하였고
훈풍에 한 모금 햇볕이 양식되어
뿌리내려 살아온 한 계절

촉촉하게 씻을 수도 없는
갈증에 타는 듯한 뜨거움
눈치 없이 태어난 자식 등에 매달린 채
땀띠에 모기 뜯기며 밤 지새운다

왕성한 젊은 나의 등에 자식들
터질 듯이 양기 다 빨아먹고 자라
매달린 채 떠날 줄 모르고
한바탕 소나기라도 내리면
등에 매달린 자식 떨어지려나
풋풋한 어린 자식 귀하지만
늙어가는 자식 애물단지 되었네
누가 이 자식 데려가는 이는 없는가

삶이 버거울 때

힘들고 지치면
사진을 봐라
거기엔 지난 내가 있다
나를 보며 다시 시작하면
행복할 것이다

인생

아프기도 했지만 나름
냇물 흐르듯 쉼 없이 열심히
살아왔다

흐르는 냇물처럼 돌에 부딪히고
뿌리에 걸려 넘어지며
살아왔다

웅덩이에 머물며 흘러온 길을
뒤돌아보니 꼬불꼬불 까마득히 보이지 않게
참 많이도 지나왔다

다시 되돌아 거슬러 갈 수 없는 이 길
이제 가야 할 길은 하나뿐
험한 길 어둡고 힘든 길일 수도 있겠지만
주저앉아 있을 수도 없다

꽃을 피워보려 지나온 길
잠시 어딘가에 쉬려고 했지만
쉴 곳이 없다

긴 한숨에 고단함
푸념 섞인 투정을 하며
슬픈 일이지만
이것이 운명이라면
거역하지는 말아야겠다

횡단보도

손에든 비닐봉지 속에서
뜨거운 열기가 손목을 타고 올라온다

그 속에는 머리도 발도
실종된 튀김 닭이 숨어 있었다

신호등이 바뀌기를 기다리면서
셔츠 단추를 몇 개 풀며
기다리는 사람을 생각하며
후끈한 공기를 마시며
짧은 긴 기다림에 서성거렸다

차량들의 불빛은 끊이질 않고 달려들고
한참을 지나서야 숨 막히는
횡단보도를 건너 줄행랑치듯 도망한다

손에든 비닐봉지 속에는
더위보다 더 뜨거운 열기와 냄새가
팔을 타고 올라와
코끝에 땀을 멈추게 한다

날고 싶은 봄

분열 속에 수없이 깃털을 뿌리며
날갯짓을 하며 날고 싶다

가로막힌 것은 보이질 않고
갈라놓고 멀리해야만
하는 것을 누가 만들어놨나
무색으로 슬픔을 안겨주고
무색의 기쁨조차도 냉각되어버렸다

그림자마저 따르지
않으려는 끝과 시작은
분열되어만 간다

소리 내지 않아도
귀를 기울이지 않아도
들려오고 미소 지으며
날고 싶지만 날지 못하는
진공 속에서도 봄은 웃고 있다

하얀 목련

몽우리 져 기다림에 바라볼 때
언제쯤 웃어주며 바라보려나
자꾸만 보고 또 본다

선녀의 옷자락처럼 가녀리게 피어
파르르 떨듯이 춤추면
칭찬과 아름다움에 사랑한다고
어루만지지도 못한 채 감탄을 한다

잠깐에 기쁨을 주며 폈다 떨어질 때 초라한 모습
추하다며 거들떠보지도 가까이하려 하지 않는
서글픔을 안고 슬픔에 몸을 감추려 애쓴다

넓은 푸른 잎 얼굴 감추려 애써 보지만
모두 늙으면 초라해지는 걸 모른 채
탓하며 뒤돌아설 때 그 몸도 초라하게
변형되어 가는 걸 모르고 탓하며 간다

자목련

아침 이슬 머금고 피어나려
몽우리 깨우고 깨운다

붉은 입술에 자목련
아름답지만
쉬 피우려 하질 않는
연유가 있을 법도 하련만

바라보는 이내 마음은
기쁨에 표현은
하지 못한 채 자꾸만 쳐다봐야만 했다

붉게 물든 것만 같은
너에 아름답고 그 고운 입술에
나는 허락 없이 입맞춤을 해야만 했다

조금은 오래도록 함께 곁에
머물러주길 바란다

봄 여인

사뿐히 따라오던 봄바람
소리 없이 살금살금 오더니
저만치 다릿 머리 냇가에
주저앉아 심통만 부린다

동장군 패잔병들 봄에 여인
얼리려 쫓아오고 치맛자락 부여잡고
예쁜 꽃신 벗어들어 뒤돌아보며 줄행랑치다
나뭇가지에 치마 걸려 꼼짝을 못 한 채
눈치만 보며 쪼그리고 앉아있다

분홍치마 노란 저고리에
푸르게 물들은 머리엔
텃새 보금자리 준비에 한창이고
질척한 논에 고인 물 세수하라며 부른다

* 분홍치마 : 벚꽃
* 노란 저고리 : 개나리
* 푸른 머리 : 산

소식

잘 있었는지 별일은 없었는지
인사를 하며 안부를 물어본다
때론 궁금하기도 하고 보고 싶기도 하고

언제나 아무 때나 볼 수도 갈 수도 없어
대신 전해보는 수밖에
차츰 멀어져만 간다
멀어져 가는 뒤편에서는
몽실몽실 안개만 피어올라 희미하다

안개 걷히고 나면 꽃은 피어있고
바람은 안부 묻고 간다
흔들거리며 끄덕이는 꽃
그렇게 대답을 한다

봄 바다

출렁이는 은빛
밤새 천사는 은가루 뿌려
빛나게 하였나

햇볕에 빛나는 저 물결
잔잔히 넘실대는 푸른 치마
봄바람에 펄럭이고
품어 안아 주려는 마음
사랑으로 덮으려나 보다

누군가는 저 품에 안겨
사랑 노래 부르며
성난 출렁임 꽃잎 날아와
목말 타고 큰 입 벌려 웃는 모습 사랑이어라

봄꽃이 거니는 해변
은빛 물결 살며시 다가와
손 내밀고 수줍어한다

봄을 심는 아낙

얼었던 땅 잠에서 깨어나 기지개 켤 때
창문 열어 봄을 부르고 잠에 깨어난 땅에
첫 삽질로 일구어 봄을 심는다

봄은 흥이 나서 콧노래를 하고
흙을 만지던 아낙도 신나
봄을 심느라 분주하지만

요기조기 긁어주니 흙은 좋다고 하고
아낙은 힘든 줄도 모른 채 한껏 흥이나 있다
행복해하는 아낙 미소 머금고 기뻐한다

바람

내 생각 속에 존재하는 모든 형상이
사라지는 일 없길 기도합니다

내가 알 수 있고 봤던 그림자
지워지지 않길 기도합니다

나 하나로 주변에 모든 것이
즐거워했으면 하는 마음으로 기도합니다

내 눈과 귀가 있는 그대로 간직하고 저장하여
기쁘게 할 수 있길 기도합니다

정신적으로 기대고 의지할 수가 있는 버팀목이
썩어 쓰러지지 않기를 기도해봅니다

기다림

죽지 않을 만큼만
기다리자 나와의 약속
오랜 시간 기다림에 지쳐서
힘들어 포기하려 애써보기도
했지만 결국에는 포기하고 나는 내게 져준다

바람은 치맛자락 덮어 기억마저 지우고
생각마저 지우려 머리를 휘감아
멀리 사라진다

얼마를 기다려야
기다린 무엇이 나타나려나
그 향기 그 냄새는 바람 속에서도
흩어지질 않고 콧등에 머물러
형상은 머물러있다

바위 꽃

비바람 추위 견디고
뜨거운 햇살 피할 데 없이

인고에 기나긴 세월
기다림에 지쳐
피었던 향기 짙은
한 송이 꽃

기나긴 기다림에 말라 죽어
바위에 향기 잃은 채
피어있는 꽃

이름도 없고
향기도 없고
찾는 이도 없는
산중에 피어있는 꽃

누군가를 기다리다

바위에 피어
오늘도 찬바람 맞으며
기다리는 바위 꽃
흑백에 한 많은 꽃

개천에 부는 바람

파릇한 풀포기 깨우고
늙어 굽은 허리 되어갈 때
다시 돌아와 쓰러트리고 가는 야속함

때 묻은 개울 씻으려 흐르는 물
힘겨워 돌 틈에 머물러 쉬려할 때
달려들어 밀어내고 가는 얄미움
어디로 그리 급히도 가는가

아무도 찾지 않는 곳 길을 잃어
갈 곳 없어 모여든 사연들은 자리하고
겨울 지새울 때 얼려놓고 떠나는 뒷모습
그림자도 지우고 가는 바쁜 발걸음에 시리고 애리다

봄이 오길 기다리고 목욕하려 찾아오는
손님들에 노랫소리 들릴 때
재로 남은 지난 시간 흘려보내 본다

제4부

내 사랑
추억으로

추억의 간식

울 엄니 새벽부터 찬물에
박박 문대며 씻긴다

무쇠 솥에 넣고
불 지피고
밥 익는 냄새에
솥뚜껑 열고 들여다본다

노릇노릇
누른 누룽지
최고의 주전부리였다

거꾸로 가는 물

재미나서 달리고 떨어지며
쉼 없이 지칠 기력 없이
미끄럼 타듯이 낯선 곳까지 왔다

머물고 있는 곳은 깊고 넓은 곳
많은 물이 머물고
갑자기 돌아가고 싶어 만진다

까마득한 저 높은 곳
돌아갈 수 없고
소리쳐도 대답도 없다

미끄러지듯 달려오면서
많은 것들과 부딪치며
잡고 안아 보기도 한다

더 좋은 곳을 찾았지만
넓은 웅덩이에 머물 때
다신 돌아갈 수가 없음을 알았을 땐
지나온 것들이 그립다

나만의 사랑

아직은 쌀쌀합니다
포근하고 따사로운
마음으로
당신을 사랑하겠습니다

새싹이 나오고
그 새싹만큼
기쁘게 당신을
사랑하겠습니다

기쁘고 행복하게
당신을
사랑하겠습니다

안갯속에 핀 꽃

어화둥둥 내 사랑이여
어화둥둥 내 사람이여
떠나간 추억 속에 사람
아침은 안개 속에 묻히다
걷히면 나타나려 기다리나

상큼한 아침 두 뺨에 스치고
안갯속에서 얼굴 내미는 해
살금살금 기어 나온다

젖은 백사장에 거닐던 사람
저 멀리 수평선 너머에
무엇을 찾으려 하나

젖은 풀잎 밟고 오가던 사람
돌아오기를 기다려보지만
그리움에 떨어진 꽃잎 되어
작은 입 모으고 기다림에 지쳐
안갯속에 감춰버렸다

마음에 그리움

무작정 길을 나서 본다
늘 봐오던 가로수 나무들이
무언으로 인사를 한다

무엇인가 누군가
보고 싶을 때가 있어
무작정 집을 나서 걸어보고
자동차를 타고 종행하여 달려본다
어딘 가엔 내가 보고 싶은 무엇이
기다리고 있을 것만 같다

모두가 새로워 보이고
낯익은 길과 나무 꽃들이지만
기분 상쾌한 것은 내가 찾던
그리움에 보고 싶음이
거기에 서성이며 기다리고 있었다

이것이 그리움의 사랑이고
마음 안에 기다림이었나보다

망초꽃

기름진 양지 모두 내어주고
척박한 땅에 옹기종기 모여
힘겹게 피어나

실바람에도 흔들거리며
누구의 사랑도 받지 못하고
외면당한 채 외로이 피어있는
망초꽃

끈질긴 생명에
짓밟혀도
웃음을 지으며 새벽이슬 맞아
기뻐만 하네

이 밤 누가 부르나

어렴풋이 들리는
아주 작은 소리
별들에 속삭이는 밤에
달빛 비추어
어둠을 밝히는데

누가 부르나
아주 작은 울림
창문은 흔들며 두드림
전하려 애쓴다

살며시 다가가서 귀 기울이고 들어본다
누구의 부르는 소리인가를

수선화 개나리 진달래
이 밤이 춥다며
부르는 소리일세

어쩌란 말인가

물새의 아침

모두 잠든 이른 아침 눈부시게 빛나는 해
소나무 가지 사이로 빼꼼히 내다본다

잠에 깨어나지 않은 강
살랑살랑 늦잠에 아침 향기 느끼지 못한 채
출렁대는 강물 거울삼아 들여다 본다
아침 해는 단장하며 외출 준비하고
낮달은 밤손님 맞으려 화장 고치며 준비한다

아침 준비하는 물새들
모래 백사장에 발 낙관 찍고 문을 열어젖힌다
강변에 고인이 된 갈대는 바람에 묵화 한점 그리고
붓글씨 쓰느라 여념 없다

잠에 깬 여울물 소리
오일장 난전 패거리 되어 요란스럽기만 하다

대한해협

넘실대는 푸른 바다에
일렁이는 파도
바람마저도
배웅하지 못하는
머나먼 이국
자꾸만 멀어져가는
푸른 강산
이 대한해협 건너
이국에 땅 밟으면
고향산천에 그리운
정
날 기다리며
잠 못 이뤄 긴긴밤
새우려나

고깔제비꽃

이른 아침 밭둑에 핀 봄꽃들
아침 인사한다
밤새 잘 잤느냐고 한다

알아듣지 못한 나
그냥 기분 좋아라
혼자 속으로 몰래 웃었다

한낮 봄볕에 정해진 하루
바쁘게 움직여야겠지만
잠시 한숨을 돌리려
고개를 들고 둘러보면
작은 봄꽃들 응원해준다

아름다운 날들에
나는 한가운데 있는듯하다
나를 기억하는 사람은
나와 같은 생각을 하려나

종소리

내 어릴 적
조그마한 예배당
종탑에 종이 울리면
마음이 평온해지고

힘들고 슬픈 일에는
으레
예배당 종탑 앞에
서성이다 돌아오곤 했다

그리 크지도 웅장하지도 않은
자그마한 예배당

나 어릴 적 그예 배당
마당에서 들려오던
종소리
땡그렁
땡그렁

동무

춥지 않은 겨울날
그래도 겨울은 겨울
보상받으려 하는 건 아니지만
그냥 놀리는 육신이 가련하다

친구는 날 탈출시켜
오늘을 잊게 한
즐거운 친구의 동행은
나를 낮게 하고
나를 기쁘게 한다

서강아 동강아
굽이굽이 흐르는 물줄기
말없이 나의 마음 싣고
유유히 흐른다

내 사랑 추억으로

기억 속에 머물고
세월의 사슬은
긴 여운으로 갔는가

아침 햇살 피어있는 망초 꽃
수채화처럼 물들어 있다

아스라이 엮어진
추억은 익어가고
봇물처럼 터져 나는 그리움은
한껏 부풀어 망초꽃은 핀다

근육통

함께하길 반백 년
내 힘들어해도
나 슬퍼도

너는 항상
나를 지탱하여
꿋꿋하게 떠받쳐주고

늘 수고하는 너
그리 귀히 여겨주지도
관심조차 가지지 않아도

나의 아름다움
함께하여주기 위해
나를 일으켜주어

이제야 너의 귀중함과
오래도록 함께하며
널 사랑하리

봄비(2)

주룩주룩
비가 내린다
봄비가

나뭇가지에 걸려
매달려있다
대롱
대롱

가지에
매달린 봄비는
또 다른 봄비와
뒹구네

연신 가지에 걸려있는
봄비
그래도 즐거워하네

꽃샘바람

창문 넘어 들려오는 솔밭에 부는
바람 소리 가슴 저리게 하는 밤

인적도 끊기고 고요 속에
바람 소리만이 들려온다

한바탕 솔밭에 휘몰아친 바람
튕겨 나와 창문에 부딪히고
달음질치며 가는 소리

이 밤늦도록 오래 불며 추위를
데려다 놓고 가려나 보다

서리태콩

푸른 치마 덮어 곱게 키워
통통하게 자라
하얀 서리 맞아
얼은 세라 포근히 감싸 안은
보금자리 안에서

추워 밤마다
울어 그 울음소리 애절해
초가집 안에 삼 형제
옹기종기 달그락달그락
까만 몸 부둥켜안고
하얀 눈만 껌뻑껌뻑

까만 너의 모습
초가 문 열어 꺼내어
널 어루만지며
마주한 빛나는
너의 모습 사랑스러워라

추억 속의 그 사람

어슴푸레 내리는 어둠
그 사이로 안개가 내린다
추억 속에 살포시 잠겨
안개를 더듬으며 그곳에 가본다

그 사람 해맑은 미소가 서 있는
그래서 행복한 그 시절 그때로…

어느새 난 이렇게 먼 곳에
와있는 걸까
하얀 멀크락이 서로 자랑하며
깔깔대는 이곳에…

어느 누구 하나 기억하는지 없는
쓸쓸하고
적막한 오늘 난 추억을 먹는다
짙은 안개 속에 나를 집어던진 채…

비구름

비에 여신 울음 그치고
잠든 사이 갇혀있던 햇살 내려와
머리를 쥐어 잡고 바둥대며
안간힘 쓴다

뽑히지 않는 머리털
뜨거운 입김 불어
익혀 뽑으려 애를 쓸 때
바람 살살 불어 식혀주니
화가 난 태양 흰 구름 다가와
안아 주며 토닥인다

잠든 비에 여신 깨어나면
태양의 뜨거움 식혀주려나
퍼부어 주려나
걱정만 쌓여 간다

코로나

거친 숨 몰아쉬며
달려오는 뒤엔
그림자도 없다
태양은 밝게 웃는데
그림자 없는 것이
달려들어 품어 안으려만 한다

살아있는 눈과 귀
그리고 마음까지
혼돈 속에 멈춘 채
움츠리고 함께할 수 없는
장벽이 내려와 가로막아놓는다

총칼은 없지만
무섭다 두렵다
정작 주검이 다가오면
모든 걸 내려놓겠지만
내려놓을 수 없는 것이
엄습해 초조하게만 한다

제5부

바람 속에 핀 꽃

사랑하는 아침

기쁨이라
사랑하는 아침
풀벌레 울어 애달프다

새벽이슬 목축인 들새
아침 해 커튼
내린 이슬 마주 보며

미소 머금어
사랑스러운 모습
햇님이 빼꼼히 얼굴 내민다

영롱한 이슬 부끄러워
잎새 떨궈 도망치고
아름드리 아침에
사랑 실어 그리운 임

보석같이 영롱하게
빛나는 아침

바람 속에 핀 꽃

봄바람 회오리치듯이 불어
마른 가랑잎 일으켜 세워
춤추게 하고는

뒤돌아서
두 뺨 후려치고는
깔깔대며
저만치 달려가며 좋아하고

봄바람
잠자는 나뭇가지
흔들어 깨우니
놀라서 싹트고 나오려 내다보네

심술궂은 봄바람
모두 깨워 꽃피우게 하고

어둠이 깔리자
잠들었나 조용하네

붉은 입술

눈을 뜨려나 망울진
나뭇가지에 매달린 눈
꽃이 피려 하나
입술 다문 꽃망울

배가 고팠나
산새들 새순 나오려는
망울 쪼아 먹으며
노래를 한다

오가는 발걸음
꽃길 걷는 가쁜 한 발걸음

마주하는 인사도
새싹처럼 아름답고
들녘에 피어나는 꽃망울

늦잠 자는 망울 깨우려
봄날에 바람 흔들어 깨우는 삼월의 지는 날

봄 풍경(2)

고운 햇살 받으며
봄바람은
꽃향기 코끝에
사뿐히 스치며
아롱아롱 펼쳐지는
아지랑이를
조용히 흔든다

좋은 사람에게

잘 지내봅시다
우리

눈빛만 봐도
말하지 않아도
알잖아요

이미 좋은 친구인 것을
그리고 매일 사랑하고
토닥여 줘야 된다는 것을

창밖에 소리가 들렸다

커튼을 젖히고
두리번거리며 소리 나는
쪽으로 귀를 내보내
뒤따르게 했다

오가는 이 없는 텅 빈 거리
인도 위에 유모차 밀고 가는
발걸음 힘겨워 하고
굴러가는 바퀴는
형편없이 늙어
가랑가랑 소리만 지른다

허술한 담벼락에
시든 꽃들이 내 동강이 처 있었다
제각기 뿔뿔이 튕기어 있었고
옆에 수선화 겁에 질린 듯
고개 들지도 못한 채
바라보고 있었다

나의 사랑

이 멋진 모습 본 적 없다

당신만큼 나를 흥분시킨 이도 없다
당신을 바라보면 내 마음이 웃어 춤을 추게 한다

당신만큼 나를 기쁘게 해준 이도 없었다

나의 눈 안에 들어와 있는 당신은 가장 따뜻하고
멋진 모습이고 글썽이는 마음엔 당신이 있다

나는 기뻤다

당신에게 사랑을 전한다
한마음 두 마음 내 맘을 받아
웃는 마음을 당신에게 보낸다

한 번도 당신을 잊어 보려 해본 적 없다

모델과 화가

바다는 언제나
그 자리에서 스케치를 한다

하얀 눈이 쌓은 능선과
계곡을 그렸다가 지우고
초록에 잎들을 그렸다가 지우고 비에 젖어 있는 모습도 그린다

한 번도 귀찮아하지도 않고
그렸다 지웠다 흔들어 보기도
하고 모델이 되어있는
산은 언제나 그 자리에서
움직이지 않고 몸을 내맡긴다

붉은 노을에 물든 모습을
그릴 때는 눈을 감아 어둠으로 숨어버린다

그리움(1)

따사로운
봄볕은
어머니의 품처럼
포근하고

붉게 타오르는
저녁노을은
수줍게 웃으시는
어머니의 얼굴 같다

그리움 (2)

따사로운
봄볕에 얼굴은
붉게 물들고
머리에 두른 수건 위에
봄바람 노닐고
젖가슴에 들어온 바람
땀 식혀준다

어머니의 품처럼
포근한 봄날에 제비꽃
옹알이하고 삐쭉 내민
냉이 흰 꽃 새침 뗀다

붉게 타는 저녁노을
수줍게 웃으시는
어머니의 얼굴 닮았다

묘상

오늘 너는 이른 아침부터
내 눈앞에 앉아있었다

깊은 밤에도 너는 나를
기다리고 있었을 것이라는 걸
나는 믿고 싶을 뿐
숨을 쉬고 있을 때 차가움에
부둥켜안고 밤을 새웠겠지만
꿈속에 있는 나를 알지 못했을 것이다

머리맡에는 초원이 펼쳐져 있었고
사이사이 느리게 걸어가는 발길 사이
이는 바람에 너는
작은 흔들림으로 서 있어야 했다

달빛이 실처럼 내려앉은
봄날에 깊은 잠에 빠져있을
야윈 너를 생각해본다

꽃을 보면

너를 보면 반가움보다는
늙어 감이 서운하다

마음을 비우고 즐기며
살려 하지만 어디 그렇게
녹녹하지만 않더라
그럴 때 널 다시 한번
쳐다본다

요동치는 마음이 휩싸일 때
늙어 갈 바엔 너처럼
멋 스러지게 늙어 가려 한다

지는 너에 모습도
초라하기는 늙어가는
우리네와도 같다

젊음

홀로 남겨진 외로움 심장은
튀어나오려 요동쳤다
옛 모습 보일까 마음 구석구석
찾아 헤매며 누망을 잡으려
애써봤다

뜬눈으로 밤을 지새워도
피곤하지 않다 그때
연모에 반항이었을까
풋풋한 그때가 좋았다

철없던 불장난 목을 조였던
그런 날들 찬바람도 훈풍처럼
다가오던 날 푸른 창공
뛰어올라 보기도 했었다

그때 그 시절

신장으로 웅덩이 고인 빗물
하늘 바라보며 애써 웃으려 할 때 두둥실 떠가던
흰 구름 흙탕물 들여다본다

검정 고무신 자박 자박
자갈 등 타고 넘을 때
동강 맑은 물
도란도란 소곤소곤
바쁘게 흐르고 저녁노을
세수하며 어둠은 재운다

정이 들어 마음을 주려 할 때
전학 간 친구는 생사도 모른 채
흰머리 헤치고 나오도록
소식도 없다
강둑에 서 있노라면
그 친구 깨금발로
폴짝폴짝 뛰면서 오는 모습
머물다 사라진다

민들레

무분별한 척박한 곳에
살림살이 녹록치 않다

철새도 떠나버린 허전한 들판
이랴 이랴 소 몰던 농부의
외침은 옛 이야기 되어버렸다

노오란 블라우스 초록 치마 봄바람에 빙그레
소리 없이 미소 짓는다

빛바랜 하얀 작은 흔들림
바위틈에 걸터앉아
새의 울음소리 멀리
떠나고픈 마음
바람에 매달려 낯선 타향
고향이 그립다

[동시]

민들레 꽃

들판에
노오란 블라우스 입고
초록 치마를 입은
예쁜 여자아이와
하얀 블라우스 초록 바지 입은
멋진 남자아이들 사이좋게
둘러앉아있다

노오란 블라우스 초록 치마
여자아이는
남자 친구의 머리를
후하고 불면
남자 친구는 낙하산이 되어
시간 속으로 사라진다

내 고향

산수유 노랗게 피울 때
울 어머니 진달래꽃 따다
화전 만들어 주시던
그 모습 눈에 선하다

밭둑에 피어난 제비꽃
반지 만들어 끼우고
비둘기 구고 대는 소리
놀랜 봄바람 다림질 치던
고향 아련히 스쳐 지난다

나의 고향 내 마음속에 있고
울 어머니 아궁이 불 지피던 모습
그대로인데 나는 자꾸
늙어만 간다

나의 고향도 늙어 있으려나

마음의 생채기

땅거미 짙은 밤
누구도 볼 수 없는 어둠이
감추려 하며 슬픔 밤비는
추적추적 내린다

그 언젠가 아픔 힘겨울 때
더벅거리며 배회하던 날 밤도
이렇게 밤비는 추적이며
내렸는데
봄꽃마저 흐르는 빗물
흐느끼는 모습은 나를 대신한다는 생각이
얼마나 가여웠는지 모른다

바로 그날이 지금의 힘겨운 날인 가 보다
철 이른 개구리마저 나지막이
우는소리 왜 이리 애간장
녹이나 모르겠다

나는 누굴 위해 살아왔나
나를 위해 살아왔던 적이
있었던 적이 있었단 말인가
흐르는 빗물도 아마 그만의
사연이 있었을 것이다
날 모르는 사람들처럼
왜 오늘 밤 빗소리가
가슴 미어지는지 모르겠다

정거장

달리다 갑자기 시동이 꺼졌다

멍하니 있어야
할 수 밖에 없다
내릴 수도 없고 출발할 수도 없고
싱크홀로 빠져들고 있다

발버둥 치며
허우적거려
빠져나오려
하고 싶지도 않다

추락하는 슬픈 현실을
받아들여야 하나
한동안 정거장에
멈추어 있어야 하는 건지 모르겠다

다시 출발하는 날
꽃잎이 날리며 퍼레이드 해주는
그런 날이길 바란다

정거장에서
출발하는 그날에는

꽃바람 사랑

피울 수 있는 잎새라면
나는 물이 되어줄게요

봄볕에 졸고 있으면
나는 꽃바람 되어
흔들어 깨워 줄게요

나는 당신의 운명이니까요

제6부

사랑의
꽃바람

황우 눈물

언덕 아래 실업자 된
누런 소 눈 찌긋이 감고 되새김질에
무엇을 깊이 생각하는지
한참을 바라봐도 미동도 없다

한때 내놓으라 하며 여기저기서
부르며 칭송하던 농군들
이제는 거들도 보지 않은 채
가족에 일원으로 내쫓긴 신세가 되었다

세월이 야속한 것은 인간들뿐이랴
오도 가도 못하고 이 한 몸 바쳐
인간의 먹거리로 살고 있음을
그 누가 이 심정 알아줄까
야속하다

꽃바람 불던 날

가도 가도 끝이 없는 길엔
피어 흔드는 꽃
걷는 발걸음 우수수 떨어지고
품에 안고 가는 바람
소곤댄다

내 품에 피어나는 꽃
어제쯤 되면 품 떠나
옛 기억 추억이 되려나
물끄러미 바라보니
그 속에 내가 잠들어있다

안아 토닥이지도 못한 세월
몰고 가는 시간은 물러서지 마라며
잡아끌어 따라간다

놓쳐버린 길엔 흙바람이
시련을 주며 먼지 묻은
꽃잎은 울지도 못한다

희망의 봄

연분홍 벚꽃에
사뿐사뿐 꽃비가 내리면

고요한 산새에는
꿩 딱따구리 직박구리 합창하며
이른 아침을 노래하고

인적도 없던 들판에
수선화 산수유가 피어나며
푸릇푸릇 나오는 새순들은
희망을 가득 품고 일어납니다

봄의 여심

잠에서 깨어나
창밖을 보니 분홍빛 드레스 입고
미소 짓는 모습을 보며
급행열차로 떠났던
나를 찾아본다

이 세상에서
제일 아름다움
그저 출렁이는
가슴을 진정시키며 살며시
밖으로 나와 올려다본 모습은
아름답다

괜스레 흥이 나서
콧노래로 아침을 맞을 때
가지 사이로
내려오는 햇살 금빛은
행복을 흥분되게 한다

모두 떠난 뒤에 늑장 부리던
벌과 나비 분주하게
찾아오지만 무성한 꽃잎은
아쉬움을 남긴다

벚꽃

봄볕에 익어 부풀어 있을 때
지나는 바람 툭 치고 가니
터져 나온 하얀 속살 곱다

거들떠보지 않던 이들
터져 나온 알몸 보고
환호성에 좋아하지만
순결을 잃지 않으려 미소를
지으며 화사하게 단장하고
당신에게 미소를 보냅니다

자기 사랑

아침이슬 품에 안아
햇살 따스한 입김
기다리는 수선화

태양 볕
기뻐 웃어 끄덕끄덕
고개만 떨구고
수줍어 머리를 숙여
불어주는 바람
얼굴을 묻고

사뿐히 춤을 추며
기뻐하는 너의 모습
봄도 흥겨워
미소 짓는
사랑스러운 날

개망초의 운명

짓밟히고 꺾이며
살아야 하는 운명
누가 거들떠보려
하지도 않는다

애물단지로 이 세상에 태어나
환영받지 못한 채 모든 이들의
따돌림과 늘 외롭게 자란다

삼복더위 지나 찬바람
불어오기 전쯤 힘겹게 피워낸
하얀 꽃
누군 간 그때야 찾는 이도
있지만 기구한 운명 속에
또다시 탄생 시키고 종족 번식
새겨야 하는 개망초

사랑의 꽃바람

피울 수 있는 잎새라면
나는 물이 되어줄게요

봄볕에 졸고 있으면
나는 꽃바람 되어
흔들어 깨워 줄게요

나는 당신의 운명이니까요

고독한 봄

치맛자락 부여잡고
뛰어오는 봄바람
등줄기 흐르는 땀 씻으려
이리저리 들어갈 구멍 찾느라
땀만 흘리다
감나무에 걸터앉아 헐떡인다

산새 소리마저 죽었나
고요 속에 묻힌 산천엔
양지쪽 수선화 단장하고
고개 숙여 부끄러움 편다

주검처럼 고요하고
지독하고 고독한 것이
벗할 이 떠도는 바람과
수선화 내숭뿐이다

졸고 있는 추녀 아래
풍경 울리고 깔깔대며
가는 저 바람 뒤통수에
심술이 질질
흘러내린다

아~
고독 속에 초목들 외롭게
힘겨워하며 세상구경
나오는데 마스크는
쓰지 않고 집단
으로 나온다

꽃잎이 슬프게 울고 있다

빛바랜 묵은 낙엽도
아름답던 옛날에
지금이 오리라 생각이나 했겠는가

지나는 바람은 그 바람이
맞는데 울고 젖은 꽃잎에
부는 바람도 지난 낙엽을
떨구던 그 바람이었나 보다

밤 기온은 여전히 차가운데
마른 가슴만 메 만지며
밤을 새웠을 꽃을 보며
울어야 할 이유를 알 것도 같다

청보리 밭

종달새 망을 보며
속닥속닥 데이트 중에
날아든 꿩 퍼득이며
분위기 깬다

사이사이 뚫린 길엔
숨어하는 사랑
파란 하늘 내려다보며
지나던 구름 훔쳐본다

푸름 품어 주는
사랑 싹이 트고 꺼벙이
몰래 한 사랑에 결실
또 다른 생명으로 날아오르고
4월에 푸름이
오월의 추억이 되어 남는다

오월

산촌 아이들에 웃음
소리 따라 춤추는 강물
흐르지도 못한 채
종종걸음 치며
흥에 겨워 떠나는 걸
잊었나

강둑에 하얀 민들레와 앉아서
관객이 되어 관람할 때
구름 몰고 가는 바람
가쁜 숨소리
어하둥둥
어하둥둥
북소리에 너울너울
해 저무는 걸 잊었나
석양빛 강물 불 밝혀 주는데

돌아가는 발길 무겁고
생각에 넘치는 머리
흔들거린다

안개비

안개비가 내린다

바람은 작은 물 알갱이 내쫓고
태양은 흠뻑 젖어
온몸 말리려 해도
하루 종일
나타나지도 않고
우울하게 있다

어린 잎새 위에 내려앉은
안개비 흘리지도 못한 채
바람이 마셔버리고
청보리 이삭 사이에 숨은
안개비
잠든 채 깨어나지 못한다

오월은 가정의 달

입양하여 데려온 두 자녀
외로움과 허전함을
잘 키워야 해요

힘들지 않고 즐겁게 지내요
행여나 너무 괴로우면
행복을 하나 더 입양 하고
그래도 허전하면 사랑도
하나 입양하여 키워요

곁에 두고 길고긴 열차에 탑승하여
다음 정차역 열대 지방인 유월에 내려
더위와 땀을
슬그머니 내려놓고
즐거운 여행하며
행복과 사랑을 만들어
살아봐요

이팝나무

봄도 물러가려고 분주하기만 하고
장미의 붉은 드레스
햇볕에 화려하다

푸르른 잎 사이로
하얀 쌀밥처럼
새하얀 꽃을 피워
그 향기 바람은 등에 업어 천리 간다

배고픔에 얼마나 쌀밥을 먹고 싶었음
하얀 쌀밥 그리워
이팝나무라 하였을까

엄마

엄마?
응?

왜 불러
그냥 불러보고 싶어서

그랬구나 엄마가 좋아?
응

엄마는 내가 싫어?
아니 좋아

응
엄마

당신도 나를 사랑은 했나요

바라보는 눈에 시선
피할 길 없어 겸허히
당신에게 내 모든 걸 다
던져 주고 있네요

그래도 꽃인데
이름 없고 척박한 곳에
자리하여 빈곤하게
자라 피운 꽃이라 한들
꽃은 꽃
당신은 나를 언제까지
찾아 반기려하나요

돌아서 가는 뒷모습에
흔들리는 두 어깨와
흐트러지는 발걸음은
떠난 뒤 찾지 않겠다는
맹세란 걸 알았습니다

번진 문자메시지

한참을 일에 몰입하다
잠깐에 휴식으로
버릇처럼 휴대폰을
흔들어 깨워 묻는다

많은 문자메시지가
와있었으나
유독 희미하고
흐트러진 글씨
보일락 말락 하다

낯설지 않고
어딘가에서 본 듯한
섬뜩함에 굳어버렸다

우리 엄마가 보낸
문자메시지

밤꽃 향기

하얀 꽃은 밤에
아름답다

불 꺼진 창밖에 별빛이
꽃을 피우면
하얀 드레스 입고 향수 뿌리고
하늘하늘 밤에 춤을 춘다

오늘 밤이 새고 나면
젖은 아침에 하얗게
피어 맞이할 것이다

그리움(3)

살아가면서
누군가를
문득 떠오를 때가 있다

생각나는 그 사람이
보고 싶을 땐
소식을 알아보고 싶지만
어디에 살고 있는지
알 수가 없다

그 사람도
내가 문득 생각이 날까?
나를 보고 싶을까?
궁금하다

그 사람도 나와 같을까?

행복을 지향하는 글쓰기의 힘

최 봉 희(시조시인, 글벗 편집주간)

글을 왜 쓸까? 시를 왜 쓸까? 수없이 여러 번 반복해서 스스로 자문해 본 적이 있다. 사실 나는 글을 쓸 때마다 있는 이야기를 털어놓는 것만으로 호흡이 달라지고 맥박도 달라진다. 그 이야기를 털어놓는 상대가 '종이'라 하더라도 마찬가지다. 어떤 이를 칭찬하고, 상대를 용서하고, 그 분에게 용서를 구하고, 고백을 하고, 마음을 터놓는 행위. 그렇게 쏟아낸 말들, 그 글은 나만의 글이다. '표현적 글쓰기'의 미덕이 바로 이것이다. 오로지 나만의, 나를 위한 글이므로 이것은 세상에서 유일하게 나만이 할 수 있다. 이것은 나만을 위한 치유 의식이다. 타인을 의식하지 않은 글쓰기라고 할 수 있다. 이것은 나를 자유롭게 한다. 또한 자유롭게 쓰는 글쓰기는 나를 치유한다.

이서연 시인이 세 번째 시집 『누가 나를 묻거든』을 상재했다. 필자는 120편의 시작품을 만나면서 나는 '행복을 지향하는 표현적 글쓰기의 힘'을 경험했다. 그의 서문을 읽

어보면 그가 왜 시를 쓰는 가를 명확하게 알 수 있다.

> 울어야 할 일도 많았지만 / 울어야 할 일도 많았고
> 기뻐서 눈물도 흘려야만 했다
>
> 이만큼 와서 나는 / 내게 말을 한다
> 그래도 잘 살았노라고 / 오늘도 나를 위해 노래를 하고
> 나를 위해 글을 쓴다
> -「시인의 말」중에서

오늘도 역시 많은 분들이 내게 물어온다. 왜 시를 쓰느냐
고. 그리고 글 쓰는 것이 행복하냐고 묻는다. 나는 이서연
시인처럼 주저 없이 글 쓰는 일이 늘 행복하다고 말하곤
한다. 행복하기 때문에 글을 쓰는 것이 아니라 글을 쓰니
까 행복한 것이다.

일본의 경제학자 오마에 겐이치는 그의 책 『난문쾌답』
에서 인간을 바꾸는 세 가지 방법을 이렇게 설명했다.

> "인간을 바꾸는 방법은 세 가지뿐이다. 시간을 달리 쓰는 것,
> 공간을 바꿀 것, 새로운 사람을 사귀는 것. 이렇게 세 가지 방
> 법이 아니면 인간은 바뀌지 않는다. 새로운 결심을 하는 건
> 가장 무의미한 행위다."

이를 시인들의 글쓰기에 적용해 보자. 시간을 달리 쓰라는 말은 나의 삶의 변화를 의미한다. 이는 글쓰기에서 과거와는 다른 표현 방식을 추구하라는 것이다. 어제와 같은 오늘을 반복하는 글쓰기는 어떤 변화도 발전도 있을 수 없다. 뭘 하든 기존 방식에서 탈피하여 새로운 것을 창조하고 탐구하라는 것이다. 이를 위해서는 꾸준한 공부가 필요하다.

사는 곳을 바꾸라는 것은 환경을 바꾸라는 거다. 체화된 인지(Embodied Cognition), 올빼미형 인간도 훈련소에 입소하면 아침에 일찍 일어날 수 있듯 환경이 달라지면 누구든 변화가 생긴다. 개인의 의지를 믿기보단 환경과 상황을 바꾸는 것이 중요하다는 것이다. 이 부분에서 필자는 삶의 체험을 통한 글쓰기를 강조하고 싶다. 바로 낯선 여행을 한 번은 떠나라는 것이다. 그리고 이웃을 만나라는 것이다.

사실 글 쓰는 행복은 마음의 문제이기는 하다. 하지만 몸을 바꿔야 한다. 이를 뒷받침하는 공감하는 주장이 있다. 서울대학교 심리학과 최인철 교수는 행복에 관한 영혼의 3대 영양소로 '자유(자발성)', '유능감', '좋은 관계'라고 말한다.

자발적인 글쓰기는 열등감이 아닌 유능함의 발견, 어쩌면 치유하는 글쓰기를 통한 자기 발견이라고 생각한다. 표현적 글쓰기를 통해서 다른 글벗을 만나고 이웃을 만나는 것도 또한 큰 행복이리라. 여기서 글벗을 만난다는 것은 새로운 기회를 찾으라는 의미이기도 하다.

사람이 하는 일은 항상 또 다른 사람이 나에게 또 다른 기회를 주기 마련이다. 만나는 사람이 달라지면 하는 일과 방식도 달라지기 때문이다.

필자에게도 그런 흐뭇한 경험이 더러 있다. 바로 새로운 글벗과의 만남들이다. 그 글벗은 바로 홍천아씨 이서연 시인이다.

이서연 시인과의 첫 만남은 2019년 양구의 한 시인의 출판기념회에서 만날 수 있었다. 나는 출판기념회에서 서평과 축하의 마음으로 인사하는 자리였고 이서연 시인은 시낭송으로 축하하는 자리였다. 오랜만에 외출이라서 새로운 낯선 환경에서 새로운 사람을 만나는 자리였다.

나는 그곳에서 이서연 시인을 만났고 그의 시심을 계속해서 두 번째, 세 번째 만나는 행운을 갖게 되었다.

이서연 시인과 많은 작가들, 그리고 시낭송과 시세계를 만나면서 느낀 소회가 있다. '글을 쓰는 것만으로도 마음을 치유할 수 있다'라는 확신이다. 어쩌면 그 때문에 글벗문학회에서 많은 시인을 글벗으로 만나서 글을 통해 행복한 세상을 꿈꾸고 있는지도 모른다.

계절은 오월을 여왕으로 추대하여
싱그러움과 푸른 녹색에 옷을 주어
기쁨을 주었나보다

나도 당신을 오월에 여왕으로 추대하여
기쁨과 즐거움을 주어
행복하게 하여주고 싶다

당신이 기쁘고 행복할 수가 있다면
무엇이든지 해주고
당신이 행복해하면
나도 덩달아 기쁘고 행복할 것이다

계절이 오월을 여왕이라 하면
나도 당신을 여왕으로 추대합니다
- 시 「화려한 장미」 전문

이 시에서는 시인은 당신과 기쁨과 즐거움, 행복을 주고 싶다고 말한다. 당신이 기쁘면 곧 나의 행복이고 당신이 행복하면 나도 덩달아 기쁘고 행복할 것이라고 말한다.
어쩌면 이서연 시인의 시를 쓰고 글을 쓰는 목적을 분명하게 전달한 시작품이 아닐까. 그는 행복하고 싶은 것이고 그 행복을 위해서 이 순간에도 시를 쓰고 있는 것이다.

초여름 날
가지마다 행복해 한다

잎사귀 푸르고

나는 힘이 들고
아프다 오늘

아프면 고개를 숙이고
가만히 있어 본다
왜 아픈지

힘들면
하늘을 쳐다본다
그리고 물어본다

하늘은 내게 말을 한다
모두에게
공평한 하루를 줬다고
- 시 「힘든 날에는」 중에서

 2004년에 글쓰기와 건강의 관계를 연구하는 저명한 전문
가인 제임스 페니베이커(James W. pennebaker) 교수와
통합건강코치인 존 에반스(John F. Evans)의 저작인 『글
쓰기 치료(Expressive Writing: Words That Heal)』라는
책이 출간한 적이 있다. 이 책은 글쓰기가 어떤 효과가 있

는지, 어떻게 글을 쓸 준비를 해야 하는지 등을 설명하고 있는 책이기도 하다. 이 책의 내용의 핵심은 '글은 마음 가는 대로 써야 한다.'는 것이다.

이 책에 따르면, 나만의 생각을 나 혼자 담고 있는 것이 아니라 이를 눈으로 볼 수 있도록 쓰는 것이 감정을 표현할 수 있는 하나의 도구이자 치료의 기법이라는 것이다. 게다가 이렇게 자유로운 공간에서 책으로 글로 이야기를 나눈다는 것은 우리 삶에서 마주할 수 있는 진정한 매력이라는 것이다. 글 쓰는 능력이 없다고 해서 주저할 게 아니다. 그저 마음 가는대로 쓰는 것이 매우 중요하다. 그렇게 많은 글벗들과 생각을 글로 공유하는 것이 치유가 된다. 그리고 더 나아가서 행복의 조건이 된다는 것이다.

생각하는 것조차 사치로 알며
눈에 보이는 것을 손은 쉴 없이
움직이며 몸마저 투자한 시간은 태산보다 높다

고개 돌리며 다른 시선에 눈을 보내 놓고
두리번거리며 나를 찾으려 애써 보지만
정작 나는 없고 몸만 덩그러니 남아있다

눈밖엔 밝고 어둠은 없는데
캄캄한 곳에 숨어 움츠려있는

나를 찾아 헤매다
어느 구석진 곳에 쪼그리고 앉아있는
나를 찾아 부둥켜안고 가슴에 품어
토닥이며 달래 본다

이제는 내 안에 나를 버리지 않고
함께 행복을 찾아 초라하지만
나만의 공간에서 함께 살고 싶다
잃어버렸던 나를 찾아
- 시 「내 안의 품」 전문

글을 쓰는 것은 잃어버렸던 진정한 나를 찾는 행위다. 손을 쉼 없이 움직이면서 몰입해서 글을 쓰는 모습, 진정한 나를 찾기 위한 몸부림, 숨어 있는 나를 찾아서 토닥이고 달래는 모습, 진정한 나를 찾기 위한 글쓰기. 그 핵심은 고통스러운 경험이나 사건을 우리가 어떻게 이해할 것인가. 또 그 경험을 어떻게 우리 삶의 이야기로 표현할 수 있을까? 하는 것이다.

이서연 시인은 늘 삶 속에서 표현적 글쓰기를 실천하고 있다. 어쩌면 시인은 글쓰기를 즐기는 것이 아닐까 싶다. 마치 여름날 시원한 등목을 하는 것처럼 그는 시를 쓰고 있다.

삼복 무더위 목덜미 흐르는 땀
앞가슴 타고 흘러내린다

우물가 세숫대야에 물 받아놓고
한 바가지 등에 붓자
온몸에 붙은 더위는 도망간다

엉덩이 끼쳐 들고
물바가지 등에 부으며
등 찰싹찰싹 손바닥으로
더위와 땀 때리며 씻어 내리니
부러워할 게 없이 행복하다
– 시 「등목」 전문

　이서연 시인은 여름 더운 날 등목의 즐거움을 표현했다.
어쩌면 글 쓰는 행위를 등목하는 행복으로 치환해서 이해
해도 좋을 듯 싶다.
　이서연 시의 특징은 다양한 색깔과 색채로 자신의 삶을
표현하고 있다. 그 색채를 나는 '행복'이라고 말하고 싶다.
그 행복은 바로 자신의 바라보는 성찰이 아닐까? 그 성찰
에서 시인은 자신의 참 모습을 찾는다. 그는 자신을 '봄을
심는 아낙'이라고 말하고 있다. 그 봄은 어쩌면 진정한 삶
의 행복이 아닐까?

힘들고 지치면 / 사진을 봐라
거기엔 지난 내가 있다
나를 보며 다시 시작하면 / 행복할 것이다
 - 시 「삶이 버거울 때」

얼었던 땅 잠에서 깨어나 기지개 켤 때
창문 열어 봄을 부르고 잠에 깨어난 땅에
첫 삽질로 일구어 봄을 심는다

봄은 흥이 나서 콧노래를 하고
흙을 만지던 아낙도 신나
봄을 심느라 분주하지만

요기조기 긁어주니 흙은 좋다고 하고
아낙은 힘든 줄도 모른 채 한껏 흥이나 있다
행복해하는 아낙 미소 머금고 기뻐한다
 - 시 「봄을 심는 아낙」 전문

이서연 시인이 두 번째로 출간한 시집 『나 하나 꽃이 되어』에서 이렇게 글 쓰는 행복을 표현한 적이 있다.

이제 추위에 떨지 마라
따뜻한 입김에 감동으로

나 하나의 꽃이 되자

시린 마음에 사랑 되고
아픈 마음에 향기가 되는
아름다움을 전하는
하나의 꽃이 되고 싶다
– 시 「나 하나 꽃이 되어」 중에서

글을 쓰는 것은 나를 성찰하면서 진정한 나를 알아가고 찾아가는 행위이다. 나의 내면을 돌보지 않아 추위에 떨었던 과거는 지금껏 행복하지 않았다. 하지만 지금은 꽃을 피울 때이다. 봄을 심는 아낙이 되고 행복을 흥분하는 시인이 되는 것이다.

시인은 누가 나에게 묻거든 나를 위해, 이웃을 위해, 나의 행복을 찾게 되었다고 말하고픈 것이다. 그곳에 표현적 글쓰기의 힘이 있는 것은 아닐까.

아직은 쌀쌀합니다
포근하고 따사로운 마음으로
당신을 사랑하겠습니다

새싹이 나오고
그 새싹만큼 기쁘게

당신을 사랑하겠습니다

기쁘고 행복하게
당신을 사랑하겠습니다
- 시 「나만의 사랑」 전문

내면에서 폭발하는 감정과 생각을 글로 써보자. 두려움과 연약함으로 둘러싸인 내가 한 겹씩 벗겨진다. 글을 쓸수록 나라는 우주를, 내 안의 세계를 발견하게 되는 것이다. 이 것이 시인이 누리는 행복이기도 하다. 그리고 자신이 행복의 영역 안에 둘러싸여 있다는 사실을 발견하게 된다. 추억과 이야기와 웃음, 교감의 순간을 영원히 남기고 싶은 것이다. 기분 좋은 행복이라는 바람을 붙잡고 싶은 것이다. 지나간 추억은 애써서 흐릿한 기억의 한 줌이라도 더 잡고 싶은 것이다. 그것을 행복의 글로 복원하고 싶은 것이다.

어슴푸레 내리는 어둠
그 사이로 안개가 내린다
추억 속에 살포시 잠겨
안개를 더듬으며 그곳에 가본다

그 사람 해맑은 미소가 서 있는
그래서 행복한 그 시절 그때로…
- 시 「추억 속의 그 사람」 중에서

사실 글을 쓴다는 것은 나만을 위하는 것이 아니다. 어쩌면 소중한 이들을 지키는 나만의 방법이 아닐까.

이서연 시인의 시 120여 편에서 찾아낸 글 쓰는 행복은 마음을 기억하는 방법, 글로써 행복을 지키고 이웃을 지키는 사랑인 것이다.

결론적으로 시인은 누가 나에게 묻거든 '시를 쓰는 일은 행복을 지키는 일이다'라고 말할 수 있으리라. 시인은 오늘도 행복의 여심으로 글을 쓰고 싶어 한다. 이는 어쩌면 행복을 흥분하게 하는 일인지도 모른다. 그의 건승을 빈다.

잠에서 깨어나
창밖을 보니 분홍빛 드레스 입고
미소 짓는 모습을 보며
급행열차로 떠났던 / 나를 찾아본다

(중략)

괜스레 흥이 나서 콧노래로 아침을 맞을 때
가지 사이로 내려오는 햇살 금빛은
행복을 흥분하게 한다
– 시 「봄의 여심」 중에서

■ 글벗시선 109 이서연 세 번째 시집

누가 나를 묻거든

초판인쇄 2020년 9월 10일
초판발행 2020년 9월 10일
지 은 이 이 서 연
펴 낸 이 한 주 희
펴 낸 곳 도서출판 글벗
출판등록 2007. 10. 29(제406-2007-100호)
주   소 경기도 파주시 와석순환로 16,(야당동)
　　　　　롯데캐슬파크타운 905동 1104호
홈페이지 http://guelbut.co.kr
E-mail juhee6305@hanmail.net
전화번호 031-957-1461
팩   스 031-957-7319
가   격 12,000원
I S B N 978-89-6533-149-0 04810

* 잘못된 책은 바꿔 드립니다.